ANDROMAQUE,

TRAGEDIE-LYRIQUE,

EN TROIS ACTES,

[par *Pitra*]

*Réprésentée pour la premiere fois par l'Académie
Royale de Mufique, le Mardi 6 Juin 1780.*

La Mufique eft de M. GRÉTRY.

A PARIS,

Chez DIDOT, l'aîné, Imprimeur
& Libraire, Rue Pavée.

M. DCC. LXXXIII.

ACTEURS.

ANDROMAQUE,	Mlle. le Vasseur
PIRRHUS,	M. le Gros.
HERMIONE,	Mlle. du Plant.
ORESTE,	M. l'Arrivée.
ASTIANAX,	Un Enfant.
PHŒNIX, *Confident de Pyrrhus*,	M. Moreau.
UN CHEF *du peuple*,	M. Lainé.
PREMIERE GRECQUE,	Mlle. Girardin, c.
DEUXIEME GRECQUE,	Mlle. Joinville.
AMBASSADEURS *de la suite d'Oreste*	Mrs. Chéron, Laïs, Péré, Candeil. le Grand, Larlat, Rey, Rousseau, Royer.
FEMMES TROYENNES *de la suite* d'ANDROMAQUE,	Mlles. Rosalie, Girardin, l. Taunat.
PEUPLES GRECS.	
PEUPLES TROYENS.	

La Scene est en Epire.

ANDROMAQUE,

TRAGÉDIE-LYRIQUE.

ACTE PREMIER.

Le Théâtre repréfente un vafte fallon du Palais de Pirrhus, dont les colonnes font décorées de Boucliers, de Faiffeaux d'armes ; le Trône de Pirrhus eft foutenu par deux lions, eft prefque fur l'avant-fcene, à gauche.

SCENE PREMIERE.

HERMIONE, *Femmes Grecques de fa fuite.*

CHŒUR.

Ceffés de répandre des larmes ;
La vengeance & l'amour vont finir vos malheurs.
L'inconftant qui caufe vos pleurs,
Va céder pour jamais au pouvoir de vos charmes.
Ceffez de répandre des larmes,
La vengeance & l'amour vont finir vos malheurs.

UN CORIPHÉE.

Du fils d'Hector on demande la tête ;
Orefte, au nom des Grecs, vient hâter fon trépas.

Un Autre.

La mort d'Aftianax vous rend votre conquête ;
Sa mort met Pirrhus dans vos bras.

CHŒUR.

Ceffez de répandre des larmes ;
La vengeance, &c.

HERMIONE.

C'eft le feul efpoir qui me refte ;
Ma rivale l'emporte, & je n'en puis doûter.
Mais mon cœur, que l'amour cherche encor à flatter
Attend tout des Grecs & d'Orefte.

A 2

Oreste!... ah! Dieux, quel triomphe pour lui!
Il verra la fiere Hermione,
Qui dédaigna ses feux, que Pirrhus abandonne;
Il verra mes malheurs égaler son ennui.
Chassons, chassons de ma mémoire
Ce qui me fut si cher, & qui m'a pu trahir.
Détestons cet ingrat, il y va de ma gloire.....
Ah! je l'ai trop aimé pour ne le point haïr.
Il faut le fuir, rien ne m'arrête;
Que sur lui sa captive étende son pouvoir;
N'envions plus son indigne conquête....
Mais, si l'ingrat rentroit dans son devoir?
Si fidele au nœud qui l'engage,
L'inconstant calmoit mon courroux!
S'il revenoit à mes genoux,
Jurer de n'être plus volage!
Mais, il ne veut que m'outrager;
Il déteste un cœur qui l'adore.
L'ingrat!... faut-il l'aimer encore,
Quand je ne dois que m'en venger!
(*On entend une marche.*)
On vient avec Pirrhus, Oreste va paroître;
Cachons à tous les Grecs les pleurs que j'ai versés.
Ils liroient dans mes yeux; ils y pourroient connoître,
Les tourmens de mon cœur & ses vœux insensés.
(*Elle sort avec ses Femmes.*)

SCENE II.

Pirrhus devancé par sa garde, vient s'asseoir sur son
Trône; Oreste à la tête des autres Députés des Rois de
la Grece, vient se placer en face de Pirrhus.

ORESTE.

AU vainqueur des Troyens, tous les Grecs & leurs Rois
S'adressent par nos voix.
Nous venons demander le redoutable reste
D'un ennemi fatal que la Grece déteste.
ORESTE & *le Chœur.*
Livrez à notre courroux
Le fils d'Hector pour victime;
Notre vengeance est légitime,
Qu'il périsse sous nos coups.
ORESTE.
Aux mânes des héros immolés par son pere,
Le sang du fils doit être offert.
En vain votre pitié le sert,
Sa mort seule des Grecs éteindra la colere.
Ne vous souvient-il plus, Seigneur, quel fut Hector?

CHŒUR.

Nos peuples affoiblis s'en fouviennent encor.

ORESTE.

Eh! qui fait ce qu'un jour le fils peut entreprendre?
Peut-être dans nos Ports on le verra defcendre,
Tel qu'on a vu fon pere, embrafer nos Vaiffeaux,
Et la flamme à la main les fuivre fur les eaux.

ORESTE & *le Chœur.*

De tous nos Rois partagez la colere;
Perdez un enfant dangéreux.
La Grece, en l'immolant, venge encor votre pere;
Cédez & rempliffez fes vœux.
Livrez à notre courroux,
Le fils d'Hector pour victime;
Notre vengeance eft légitime,
Qu'il periffe fous nos coups.

PIRRHUS.

Non, non, ... je veux défendre & le fils & la mere;
De mes inimitiés le cours eft achevé;
Le fang que j'ai verfé fuffit à ma colere,
L'Epire fauvera ce que Troye a fauvé.
Je ne fus que trop implacable,
C'étoit aux Champs Troyens qu'il falloit l'immoler.
C'étoit dans les horreurs d'une nuit effroyable
Que les Grecs devoient l'accabler.

DIALOGUE.

ORESTE.

La Grece, en vous, trouve un enfant rebelle.

PIRRHUS.

N'ai-je donc vaincu que pour elle.

Enfemble.

ORESTE & *les Grecs.*

Ses Rois, qu'outragent vos refus,
Pourfuivront jufqu'ici les reftes des vaincus.

PIRRHUS.

Eh bien, qu'ils ne diftinguent plus
Le fang qui les fit vaincre, & celui des vaincus.
Je défendrai contre eux & le fils & la mere;
Je faurai braver leur courroux.

ORESTE.

Hermione, Seigneur, arrêtera vos coups.

PIRRHUS.

Hermione peut m'être chere,
Sans que je fois efclave de fon pere,
Et je faurai peut-être accorder quelque jour
Les foins de ma grandeur & ceux de mon amour.
(*à Orefte.*)
Voyez cette fille d'Hélene,
Du fang qui vous unit je fais l'étroite chaîne;
Après cela, Seigneur, je ne vous retiens plus.

(*aux Grecs.*)
Vous pouvez à vos Rois annoncer mes refus.

(*Oreste & les Grecs sortent.*)

SCENE III.

PIRRHUS & PHŒNIX.

PIRRHUS.

IL vole, je le sais, aux pieds de sa maîtresse,
Qu'ils brûlent, s'il se peut, d'une égale tendresse ;
Qu'ils s'aiment, j'y consens.... qu'ils partent aujourd'hui ;
Dieux ! qu'ils m'épargneroient de contrainte & d'ennui.
Mais dans ces lieux Andromaque s'avance.

SCENE IV.

PIRRHUS, ANDROMAQUE, PHŒNIX
Femmes Troyennes.

PIRRHUS.

OU portez-vous vos pas ? cherchez-vous ma présence ?
Un espoir si charmant me seroit-il permis ?

ANDROMAQUE.

Je passois jusqu'aux lieux où l'on garde mon fils,
Puisqu'une fois le jour vous souffrez que je voie
Le seul bien qui me reste & d'Hector & de Troye.
J'allois pleurer un moment avec lui ;
Je ne l'ai point encor embrassé d'aujourd'hui.

PIRRHUS.

Les Grecs vont vous donner d'autres sujets de larmes ;
Ils me demandent son trépas.

ANDROMAQUE.

Les Grecs !... ah ! mortelles alarmes !

PIRRHUS.

Ils ne l'obtiendront pas.
Ils me menaçent de leurs armes ;
Mais, dussent-ils, en repassant les eaux,
Le demander avec mille Vaisseaux,
Dût ce Palais être réduit en cendre.
Je vole à son secours ;
Pirrhus jure de le défendre
Et de sauver ses jours.
Mais vous, haïrez-vous sans cesse
Le plus tendre vainqueur !
Voyez mettre à vos pieds & son trône & son cœur ;
D'un seul regard payez tant de tendresse,
Un seul regard peut faire son bonheur.

ANDROMAQUE.

Triste, captive, importune à moi-même,
Quels charmes ont pour vous des yeux infortunés,
Qu'à des pleurs éternels vous avez condamnés?
Eh! se peut-il qu'Andromaque vous aime?
Et son cœur pourroit-il changer?

PIRRHUS.

Ah! que l'amour & que vos charmes
Ont bien su me punir, ont bien su vous venger!
Votre vainqueur baigne de larmes
Ses lauriers sanglans & ses armes;
Il déteste à jamais un triomphe odieux;
Il gémit sur les maux que vous fit la victoire.
Votre vainqueur pleure sa gloire,
Et veut sécher les pleurs qui coulent de vos yeux.
Ah! dites-moi seulement que j'espere;
Je vous rend votre fils, & je lui sers de pere.
En moins de temps que les Grecs ne l'ont pris,
Votre Ilion peut sortir de sa cendre.
Le moindre espoir me fait tout entreprendre,
Je pourrai dans vos murs couronner votre fils.

ANDROMAQUE.

A de moindres faveurs les malheureux prétendent.
Murs sacrés! que n'a pu conserver mon Hector.
N'espérez plus de nous revoir encor.
C'est un exil que mes pleurs vous demandent;
Souffrez, Seigneur, souffrez que loin de vous,
J'aille cacher mon fils, & pleurer mon époux.
Laissez une tremblante mere,
Sauver un fils, pleurer son pere:
Laissez-là fuir loin de ces lieux,
Cacher l'unique bien que lui laissent les Dieux.
Hélas! une main aussi chere
Peut seule adoucir ma misere,
En essuyant les pleurs qui coulent de mes yeux.
Vous, retournez à la fille d'Hélene;
Elle ne vous doit point sa haine,
Par elle vos soupirs ne sont point repoussés;
Troye, Hector, contre vous n'irritent point son ame;
Aux cendres d'un époux doit-elle enfin sa flamme,
Et peut-elle oublier vos services passés?

DIALOGUE.

PIRRHUS.

Vous le voulez, eh bien, cruelle,
Ce cœur saura vous obéir.

ANDROMAQUE.

Ce cœur, à mon époux fidele,
Non, jamais ne veut le trahir.

PIRRHUS.

Oui, je veux désormais hair
Votre ame insensible & rebelle.

ANDROMAQUE.

Oui, toujours mon cœur veut chérir
Sa peine & sa douleur mortelle.

Ensemble.

PIRRHUS.	ANDROMAQUE.
C'en est fait, déformais, cruelle,	Auteur de ma douleur cruelle,
Ce cœur faura vous obéir.	Ce cœur peut-il vous obéir ?

PIRRHUS.

Le fils, dans ma juste colere,
Me répondra des mépris de la mere.

ANDROMAQUE.

Mon fils !

PIRRHUS.

Il faut déformais que mon cœur,
S'il n'aime avec transport, haïsse avec fureur.

Ensemble.

PIRRHUS.	ANDROMAQUE.
Oui, oui, je veux vous obéir,	Hélas ! il n'a pour fa défense
Vous oublier & vous hair.	Que mes pleurs, que fon innocence.
Le fils, dans ma juste colere,	Sa mort, en l'état où je fuis,
Me répondra des mépris de la mere.	Achévera la fin de mes ennuis.
Oui, ce cœur faura vous punir,	Je finirai ma vie & ma misere;
Vous oublier & vous hair.	Dans la tombe, avec lui, j'irai joindre fon pere.

ANDROMAQUE, *feule, en s'en allant.*
Pour la derniere fois, je vais donc voir mon fils.

SCENE V.

PIRRHUS, PHŒNIX.

PIRRHUS.

AH! c'en est fait, cruelle,
Je vais être auffi fier que tu m'as vu foumis..
Je trouvois du plaifir à me perdre pour elle ;
J'aurois bravé tous les Grecs réunis.
Je m'applaudis de ma victoire ;
Que de devoirs j'allois facrifier !
Un feul regard m'eût tout fait oublier....
Dès cet inftant je jouis de ma gloire.
Elle m'attend à fes genoux ;
Je la verrois aux miens d'un œil tranquille.
Je redeviens le fils d'Achille,
Et je le fens à mon courroux.
Je m'applaudis, &c.
C'en est fait, oui, je l'abandonne ;

Mon

Mon plaisir est de la haïr....
(*à Phœnix.*)
Qu'on cherche Oreste, amenez Hermione,
C'est ce cœur qui t'aima qu'aujourd'hui je lui donne....
De quels noms tu vas m'appeller !
J'abandonne ton fils, ma vengeance est certaine.
Au lieu de ton amour, je veux avoir ta haine....
Ah ! que de larmes vont couler.

SCENE VI.

PIRRHUS, HERMIONE, ORESTE, PHŒNIX,
*Grecs à la suite d'Oreste, Grecs & Grecques de
la suite d'Hermione.*

PIRRHUS.

Fille de Ménélas, Oreste,
Je reprends mes engagemens.
Mon cœur abjure enfin un amour trop funeste.

HERMIONE.

Ciel ! ô ciel ! quel bonheur !

ORESTE, *à part.*

Dieux cruels ! quels tourmens !

PIRRHUS, *aux Députés des Rois de la Grèce.*
Je ne condamne plus un courroux légitime ;
On va vous livrer la victime.
(*à Hermione.*)
A la face des Grecs recevez mes sermens ;
Je vous rapporte un cœur & sensible & fidele,
Il brûlera d'une ardeur éternelle,
Rien ne rompra des liens si charmans.

TRIO.

HERMIONE	PIRRHUS.	ORESTE.
	J'oublie à jamais l'ingrate	
	Qui vous enleva mon cœur.	
Dieux ! que cet aveu me flatte !	Quels tourmens ! quelle douleur !	
Quel triomphe ! quel bonheur !		

HERMIONE.	PIRRHUS.	ORESTE.
Je l'emporte sur ma rivale !	J'abjure une flamme fatale ;	Ils me déchirent le cœur.
	Je déteste votre rivale ;	
Je regne à jamais sur son cœur.	Régnez à jamais sur mon cœur.	

(*Il sort.*)

HERMIONE, *au Chœur.*

Chantez, célébrez ma victoire ;

F

Chantez, célébrez ce beau jour.
Pirrhus éteint le plus funeste amour ;
Le fils d'Achille, enfin, est digne de sa gloire.

LE CHŒUR.

Chantons, célébrons sa victoire ;
Chantons, célébrons ce beau jour.
Pirrhus éteint le plus funeste amour ;
Le fils d'Achille, enfin, est digne de sa gloire.

(*Pendant ce Chœur, Pirrhus conduit Hermione sur son trône, & s'y place avec elle.*)

(*Diverses Troupes guerrieres Epirótes, après avoir défilés devant Hermione, exécutent des évolutions militaires, & des simulacres de combats antiques. La Danse Pyrrique leur succede. Des jeunes Epirotes les remplacent, & exécutent des Danses légeres.*)

UNE EPIROTE.

Viens, tendre amour, viens par tes charmes,
Rendre à jamais heureux,
Et combler tous les vœux
Des jeunes cœurs qui te rendent les armes,
Des cœurs soumis au pouvoir de tes feux.
L'inconstance
Coûte souvent de tendres pleurs ;
Mais l'espérance
Calme les plus vives douleurs.
Sous ton empire, quels plaisirs !
Point de soupçons, point de soupirs,
Point de tourmens, que les desirs.
Viens, tendre amour, &c.

Deux Femmes Grecques.

Mars à Vénus a cédé la victoire ;
Le Dieu de Trace a reconnu sa loi ;
A la beauté Pirrhus donne sa foi,
L'amour comble sa gloire.
Jeune Princesse
Soyez sans cesse
L'objet des plus tendres feux
D'un cœur qui comble vos vœux,
Qu'il soit heureux.
Jouissez du bien suprême,
Qu'il est doux lorsque l'on aime
De se voir aimé de même.
Que vos instans
Seront charmans ;
Tendres amans
Soyez constans,
Que la gloire & l'amour
Répetent tour-à-tour.
Mars à Vénus, &c.

(*Le Ballet accompagne Pirrhus & Hermione, qui descendent de leur Trône.*)

ACTE II.

Le Théâtre repréfente dans le fond, la Mer & les
Vaiffeaux qui ont apporté les Ambaffadeurs de la
Grece : à droite & à gauche, font les faces du Palais
de Pirrhus, féparées de la Mer par une baluftrade
de marbre, avec un paffage au milieu.

SCENE PREMIERE.

ORESTE & GRECS de fa fuite.

GRECS.

Modérez ces tranfports jaloux :
Calmez cette fureur extrême.

ORESTE.

Je perds pour jamais ce que j'aime,
Rien ne peut calmer mon courroux.
Il faut que je l'enleve, ou bien que je périffe,
C'eft traîner trop long-temps ma vie & mon fupplice.
Je veux, en l'arrachant de ces funeftes lieux,
Lui faire partager ma cruelle infortune ;
Mon innocence, enfin, me pefe & m'importune ;
Je veux juftifier l'injuftice des Dieux.
Je veux que l'ingrate partage
Mon défefpoir & ma fureur ;
Je veux que ce cœur qui m'outrage,
Connoiffe à fon tour la douleur.
C'eft trop gémir tout feul, il faut que l'inhumaine
Répande autant de pleurs qu'en ont verfé mes yeux:
Je veux juftifier fes dédains & fa haine ;
Je veux juftifier l'injuftice des Dieux.
(aux Grecs.)
Mais je veux feul enlever Hermione,
Fuyez un malheureux que le deftin pourfuit ;
Laiffez-moi des périls dont j'attends tout le fruit,
Et reportez aux Grecs l'enfant qu'on m'abandonne.
Enfemble.

LES GRECS.	ORESTE.
Non, tes amis fuivront tes pas.	Amis, ne fuivez point mes pas.
Nous ne laifferons pas Notre ami, notre chef, le malheureux Orefte,	Laiffez le malheureux Orefte,
Affronter lui feul le trépas.	Laiffez, un amour funefte L'entraîner au trépas.

GRECS.

Au milieu de la nuit raviffons l'infidelle ;

B 2

Nos Vaiſſeaux ſont tout prêts, & le vent nous appelle.

UN CORIPHÉE.

Diſſimulez, elle vient dans ces lieux.

GRECS. (Fuyez & dérobez) tant de trouble.

ORESTE. (Fuyons & dérobons) à ſes yeux.

(Ils ſortent.)

SCENE II.

HERMIONE, *quatre Coriphées Grecs.*

Regne à jamais dans mon ame,
Amour, amour, comble mes vœux;
J'obtiens le Héros qui m'enflamme,
Je l'arrache à d'indignes nœuds.
Non, non, la crainte & les alarmes
Ne pourront plus flétrir mon cœur;
Pirrhus, enfin, me rend les armes,
J'enchaîne à jamais mon vainqueur.
Soupçons, cruelle jalouſie,
Fuyez, éloignez-vous de moi;
Ne troublez plus le repos de ma vie,
Mon amant m'a rendu ſa foi.
Bientôt la pompe nuptiale
Va me conduire au Temple, aux pieds des immortels.
Bientôt, Pirrhus, ſur leurs Autels,
Va me ſacrifier une flamme fatale,
En s'uniſſant à moi par des nœuds éternels.
(Andromaque paroît.)
Mais, dans ces lieux, que vois-je! ma rivale!
Fuyons . . . .

SCENE III.

HERMIONE, *ſes Femmes*, **ANDROMAQUE**, *Troyennes.*

TROYENNES, *Femmes de la ſuite d'Hermione, qui la retiennent.*

Ne fuyez point un ſpectacle ſi doux.

CHŒUR des Troyennes, *ſoutenant Andromaque.*

C'eſt la Veuve d'Hector pleurant à vos genoux.

ANDROMAQUE.

Ayez pitié de ma cruelle peine;
Sauvez mon fils, vous ſaurez quelque jour,
Vous ſaurez pour un fils juſqu'où va notre amour.

DIALOGUE.

ANDROMAQUE.

Ayez pitié de ma cruelle peine.

HERMIONE, *à part.*

Ses plaintes enflamment ma haine.

Ensemble.

HERMIONE, *s'en allant.*	ANDROMAQUE, *se jettant aux genoux d'Hermione.*
Qui peut mieux le fléchir que vous ?	De Pirrhus calmez le courroux.

SCENE IV.

ANDROMAQUE, CÉPHISE, *Troyennes.*

Ensemble.

ANDROMAQUE, *que le Chœur reeleve.*	CHŒUR.
RIen ne peut fléchir l'inhumaine ; Envain je veux calmer son injuſte courroux.	Rien ne peut fléchir l'inhumaine ; Peut-elle, sans pitié, vous voir à ſes genoux ?

ANDROMAQUE.

Elle fuit, la cruelle, & ſe rit de mes larmes.
Qui ſauvera mon fils du courroux du vainqueur ?

LE CHŒUR.

Pirrhus, pour prix de votre cœur,
Veut vous rendre ce fils & calmer vos alarmes.

ANDROMAQUE.

Pirrhus, de mon époux ſeroit le ſucceſſeur !...
Non, non... je vois encor cette nuit ſi cruelle,
Qui fut pour tout un peuple une nuit éternelle....
Je vois Pirrhus, les yeux étincelans,
Se frayant un affreux paſſage,
Sur les corps immolés de mes freres ſanglans.
Je le vois au milieu du ſang & du carnage.
Ah ! j'entends les cris des mourans,
Dans la flamme étouffés, ſous le fer expirans.

LE CHŒUR.

Nuit lamentable !
Nuit déplorable !
Spectacle affreux !
Souvenir douloureux !

ANDROMAQUE.

Ft cet hymen affreux m'uniroit à ſes crimes !
Qu'il nous prenne plutôt pour dernieres victimes ;
J'y conſens.... quoi, mon fils ! quoi, je pourrois encor
Voir mourir cet enfant, tendre image d'Hector ?
Hélas ! le jour que ſon courage,
Lui fit affronter le trépas ;
Il le prit, le ſerra tendrement dans ſes bras ;
Chere épouſe, dit-il, je te laiſſe ce gage
De mon amour & de ma foi ;
Si je meurs, qu'il retrouve en toi

ANDROMAQUE,

Et mon amour & ma tendresse.
Seche tes pleurs, chéris sans cesse
Ce fils le gage de ma foi ;
Si je meurs, qu'il retrouve en toi
Et mon amour & ma tendresse.
Et sa mere pourroit supporter son trépas ?
Non, non, je te suivrai dans la nuit éternelle ;
Tendre mere, épouse fidelle,
O mon fils, au tombeau je vais suivre tes pas.

SCENE V.

GRECS, MATELOTS *sur le Port, montant dans les Vaisseaux.* ANDROMAQUE, *Troyens, Troyennes, sur l'avant-scene.*

MATELOTS.

Hâtons-nous, quittons ce rivage,
Pirrhus va bientôt sur ce bord,
Livrer aux Grecs le fils d'Hector ;
De la Paix sa mort est le gage.
Hâtons-nous, &c.

Ensemble.

ANDROMAQUE.	TROYENS.
Ah ! j'ai perdu toute espérance ;	Dieu vainqueur irrité, désarmez la vengeance ;
O mon fils, mon cher fils !	Il peut encor vous rendre votre fils.
Tes destins sont finis.	

SCENE VI.

Les mêmes Acteurs.

PIRRHUS & PHŒNIX, *en entrant sur la Scene.*

PIRRHUS.

Phœnix, il faut aux Grecs livrer le fils d'Hector.

(*Phœnix sort.*)

ANDROMAQUE.

Arrêtez ! ah Seigneur.... eh ! que voulez-vous faire ?
Arrêtez.... livrez donc sa mere ;
Puis-je survivre à son trépas ?
Eh ! quoi, vous ne m'écoutez pas ;
Sans espoir de pardon, je suis donc condamnée ?

PIRRHUS.

Rien ne peut arracher votre fils au trépas,
Et ma parole en est donnée.

ANDROMAQUE.

Sans espoir de pardon, je suis donc condamnée ?
Eh ! quoi, vous ne m'écoutez pas.

TROYENNES.

Ô malheureux enfant ! ô mere infortunée !

ANDROMAQUE.

Hélas ! pouvez-vous, sans pitié,
Livrer cet enfant misérable ?
Voyez le tourment qui m'accable ;
Vous me juriez tant d'amitié,
Pouvez-vous être impitoyable ?

PIRRHUS.

Oui, je veux être inexorable.

ANDROMAQUE.

Vous qui braviez pour moi tant de périls divers.

PIRRHUS.

J'étois aveugle alors, & mes yeux sont ouverts.

Ensemble.

Le Chœur des Troyennes.	ANDROMAQUE.
Ah ! peut-il être impitoya-ble.	Pouvez-vous être impitoya-ble.

ANDROMAQUE.

Pouvez-vous, sans nulle pitié,
Livrer cet enfant misérable !

PIRRHUS.

La Grece a juré sa mort.

LES GRECS.

Nous attendons notre victime,
Et la Grece a juré sa mort.

ANDROMAQUE.	PIRRHUS & *les Grecs.*
Ah ! qu'a-t-il fait ?	Le fils d'Hector !

ANDROMAQUE.

Quel est son crime ?

LES GRECS.

Le fils d'Hector !

ANDROMAQUE.

Voyez le malheur qui l'opprime ;
Ah ! prenez pitié de son sort.

PIRRHUS.

En vain vous déplorez son sort.

SCENE VII.

Les mêmes Acteurs, PHŒNIX entre en conduisant Astia-nax au milieu de la Garde de Pirrhus.

LES GRECS, *en se retirant.*

ON va nous livrer la victime,
Et la Grece a juré sa mort.

ANDROMAQUE, *que les Soldats ont repoussé d'au-près d'Astianax.*

Laissez-moi baigner de mes larmes,

Ce fils, tendre image d'Hector;
Ah ! laiffez-moi preffer encor
Contre ce fein rempli d'alarmes,
Ce fils, hélas ! fi plein de charmes;
Ce fils, tendre image d'Hector.

Quoi, mon fils ! mon cher fils ! quoi tu perdrois la vie?
Ah ! plutôt mille fois, qu'elle me foit ravie....
Ah ! laiffez-moi preffer encor,
Contre ce fein rempli d'alarmes,
Ce fils, tendre image d'Hector;
Ce fils, hélas ! fi plein de charmes.

(*Elle tombe accablée de douleur dans les bras des Troyennes.*)

PIRRHUS, *à part.*

Je ne puis plus réfifter à fes larmes ;
La pitié pénetre mon cœur.

(*à Andromaque.*)

Je puis encore diffiper vos alarmes ;
Vous pouvez d'un feul mot défarmer un vainqueur.

D U O.

ANDROMAQUE.	PIRRHUS.
O mon époux ! ô Troyens ! ô mon pere !	A votre fils je fervirai de pere ;
O mon fils ! que tes jours coûtent cher à ta mere.	Je l'aimerai comme l'aime fa mere ;
	Comme elle je veux le chérir.
	Pour lui, d'Hector, oui, j'aurai la tendreffe ;
	Mes foins touchans guideront fa jeuneffe ;
Faut-il ceffer de vous haïr.	Ceffez, ceffez de me haïr.

PIRRHUS.

C'en eft fait ; à l'Autel, Pirrhus va vous attendre ;
Les nœuds les plus facrés & l'amour le plus tendre
Vont fauver votre fils en m'uniffant à vous.

(*On entend le Chœur derriere la Scene.*)

(*à part.*)

Mais quels accens, quels chants fe font entendre ?

(*à Andromaque.*)

Allez preffer un moment auffi doux.

ANDROMAQUE, *en fortant avec fon fils, & fuivie des Troyennes.*

Allons fur fon tombeau confulter mon époux.

SCENE

SCENE VIII.

PIRRHUS & PHŒNIX, *sur l'avant-scene.*

*Des jeunes Grecs & Grecques viennent avec des flam-
beaux d'Hymenée, prendre Hermione pour la conduire au Temple.*

CHŒUR, *chantant & dansant.*

C'Est pour l'hymen d'une immortelle
Que l'on t'invoque, tendre Amour;
Ta mere ne fut pas plus belle.
Chantons, célébrons ce beau jour.

*Hermione sort du Palais, accompagnée des Femmes
de sa suite.*

PIRRHUS, *sur l'avant-scene, à Phœnix.*
Ah! que lui dire? ah! contrainte cruelle.

JEUNES GRECS.

Amene avec toi les desirs,
Viens, amour, descend, suis ses traces;
Tu peux laisser aux cieux les graces;
Fais-toi suivre des seuls plaisirs.

LE CHŒUR.

Chantons, célébrons ce beau jour, &c.
*Pendant la reprise de ce Chœur, des jeunes Grecques,
qui entourent Hermione avec des guirlandes de fleurs,
la conduisent près de Pirrhus.*

PIRRHUS, *à Hermione.*
Entraîné malgré moi par un amour funeste,
Andromaque m'arrache un cœur qu'elle déteste...

HERMIONE.

Justes Dieux!...

PIRRHUS, *en s'en allant.*
Pour jamais je m'éloigne de vous;
Je ne veux point contraindre un trop juste courroux.

HERMIONE, *à Pirrhus, qui sort.*
Vas lui jurer la foi que tu m'avois jurée;
Vole aux Autels; fuis de ces lieux;
Mais crains une amante outragée,
Crains les Grecs, mon amour & ma haine & les Dieux.

SCENE IX.

HERMIONE, LE CHŒUR,
LE CHŒUR.

QUoi! préférer à la fille d'un Roi,
La captive qui le déteste;

Au même inftant, donner, ravir fa foi!

HERMIONE, *à deux Coriphées.*

Allez, faites venir Orefte.

LE CHŒUR.

Arrachez le bandeau qu'il a mis fur fon front!
Etre à la fois ingrat, traître & parjure!
A la fille des Rois faire un pareil affront!
Orefte & tous les Grecs vengeront cette injure!

SCENE X.

HERMIONE, ORESTE, GEECS *de fa fuite.*

ORESTE.

CRoirai-je que vos yeux, à la fin défarmés....
Que vous ayez fouhaité ma préfence?

HERMIONE.

Je veux favoir fi vous m'aimez!

ORESTE.

Si je vous aime? ô Dieux! mes fermens, ma conftance,
Mon défefpoir, mes yeux, de pleurs toujours noyés,
Quels témoins croirez-vous, fi vous ne les croyez.

DUO *dialogué.*

HERMIONE.

Venge-moi, je crois tout.

ORESTE.

De qui?

HERMIONE.

D'un infidele;

C'eft Pirrhus qu'il faut immoler.

ORESTE.

Pirrhus!....

HERMIONE.

Ton courage chancelle?

Vole; dans un inftant je puis te rappeller....

ORESTE.

Armons la Grece outragée:
Quittez ce féjour odieux;
Suivez-moi, vous ferez vengée.

HERMIONE.

Vengez une amante outragée:
Immole Pirrhus dans ces lieux.

ORESTE.

Non, loin de moi ce crime affreux.

HERMIONE.

Va, que ma haine foit vengée,
Ce meurtre n'a rien d'odieux.

ORESTE.

Que la Grece entiere l'attaque:

Vengeons-nous, mais avec éclat,
Sans m'avilir par un affaffinat.

HERMIONE.

Mais à l'inftant il epoufe Andromaque.
Immoles Pirrhus dans ces lieux, &c.

ORESTE.

Armons la Grece outragée, &c.

HERMIONE.

Lâche! n'efpere pas obtenir ma conquête:
Vas; de mon ennemi je faurai m'approcher:
Je vais au Temple où leur hymen s'apprête,
Percer ce cœur que je n'ai pu toucher.

ORESTE, *retenant Hermione.*

Il ne mourra que de la main d'Orefte;
Vos ennemis vont vous être immolés;
Ma main va vous ravir un plaifir fi funefte,
Et vous reconnoîtrez mes foins fi vous voulez.

Enfemble

HERMIONE.	ORESTE & *le Chœur.*
Jurez de venger mon injure,	Jurons de venger fon injure,
A la face des immortels:	A la face des immortels:
Verfez tout le fang du par- jure:	Verfons tout le fang du par- jure:
Egorgez ma victime aux pieds de leurs Autels.	Immolons fa victime aux pieds de leurs Autels.

Le Chœur entoure Hermione & Orefte, en prêtant ce
ferment dans leurs mains.

Fin du fecond Acte.

ACTE III.

Le Théâtre repréfente une cour intérieure du Palais
de Pirrhus, terminée par une colonnade qui conduit
au Temple.

SCENE PREMIERE.

ANDROMAQUE, *revêtue de la robe nuptiale.*

Deftin cruel! hymen funefte!
Non, je ne puis fubir ta loi.
En vain, pour conferver le feul bien qui me refte,
J'ai promis de trahir mon Hector & ma foi.
Epoufe criminelle ou mere infortunée,
Il ne me reftoit plus d'autres choix en ce jour,
Que de fubir le joug de ce trifte hymenée,
Ou de voir immoler l'objet de mon amour.

C 2

Deſtin cruel ! hymen funeſte !
'   Non, je ne puis ſubir ta loi.
En vain, pour conſerver le ſeul bien qui me reſté,
J'ai promis de trahir mon Hector & ma foi.
    (*Après un moment de ſilence.*)
'Ah !... tu viens inſpirer ton épouſe éplorée,
    Tu prends pitié de mes gémiſſemens.
        Ombre chérie ! ombre ſacrée !
Je ſauverai ton fils ſans trahir mes ſermens.
        Oui, oui, ton épouſe fidelle,
            Fidelle en ceſſant d'être à toi,
        Va le ſauver, ce gage de ta foi,
        Et te rejoint dans la nuit éternelle.
Elle veut aller au Temple, & eſt retenue par les Troyens
& les Troyennes à qui Pirrhus a rendu la liberté, &
qui viennent dépoſer leurs fers à ſes pieds.

SCENE II.

ANDROMAQUE, TROYENS & TROYENNES.

TROYENS & TROYENNES, *chantans & danſans*

HEureux hymen ! ô douce liberté !
Pirrhus briſe vos fers, & met fin à nos peines;
Tout ce peuple à vos pieds vient dépoſer ſes chaînes,
    Il vous doit ſa félicité.
            ANDROMAQUE.
    Et mon fils !....
        CÉPHISE & *deux Coriphées.*
    Vivez ſans alarmes,
    L'hymen, en eſſuyant vos larmes,
    Ceint ſon front du bandeau des Rois.
        ANDROMAQUE, *à part.*
Hélas ! je vais le voir pour la derniere fois.
            LE CHŒUR.
    Heureux hymen ! ô douce liberté ?
Pirrhus briſe, &c. &c.
    ANDROMAQUE, *à part, & ſur l'avant-ſcene.*
        Peuple chéri, peuple fidele,
Mes yeux auront du moins vu finir tes malheurs.
    (*Au Chœur, & retenant Céphiſe.*)
Laiſſez-moi ſeule encor ſoupirer avec elle,
    Et répandre mes derniers pleurs.
        LE CHŒUR, *en ſortant.*
Heureux hymen ! ô douce liberté ! &c. &c.

SCENE III.

ANDROMAQUE, CÉPHISE.

ANDROMAQUE.

O Ma chere Céphise!
Ce n'est point avec toi que mon cœur se déguise,
Je vais bientôt rejoindre Hector & mes ayeux....

CÉPHISE.

Qu'entends-je!....

ANDROMAQUE.

C'est à toi de me fermer les yeux.

CÉPHISE.

O Dieux!....

ANDROMAQUE.

C'est à ta foi que mon cœur se confie.
Je vais, puisqu'il le faut, aux pieds des immortels,
Consacrer à Pirrhus les restes de ma vie,
L'attacher à mon fils par des nœuds éternels:
Mais ma main à l'instant, de tout mon sang rougie,
Finira mes tourmens cruels.

CÉPHISE.

Ah! ne prétendez pas que je puisse survivre.....

ANDROMAQUE.

Non, non, je te défends, Céphise de me suivre;
Vis pour mon fils, ne l'abandonne pas.
Parle-lui tous les jours des vertus de son pere;
Parle-lui quelquefois de l'amour de sa mere:
Mais cache-lui toujours qu'il causa mon trépas.

CÉPHISE.

Malheureuse Céphise! ô mere infortunée!

ANDROMAQUE.

Fais plaindre à mon vainqueur ma triste destinée:
Dis-lui qu'en expirant je fus heureuse encor
De laisser par notre hymenée
Le vainqueur des Troyens pour pere au fils d'Hector.

SCENE IV.

ANDROMAQUE, CÉPHISE, PHŒNIX, *à la tête de
la garde de Pirrhus, suivi des Epirotes & des Troyens
qui viennent prendre Andromaque pour la conduire
au Temple.*

PHŒNIX & *le Chœur.*

P Rincesse, suivez-nous, & venez à l'Autel;
Pirrhus va rendre un fils à la plus tendre mere:
Venez sauver une tête si chere

Par un nœud solemnel.

ANDROMAQUE.

Je vous fuis.... c'en est fait!...

La garde devance Andromaque, que suit le Chœur.

SCENE V.

HERMIONE, *entrant par le côté opposé.*

Quel spectacle cruel!
Tu n'échapperas pas, perfide, à ma vengeance :
Ma haine croît par ta présence ;
C'est sur ton corps sanglant que Pirrhus va périr.
Pirrhus !.... quoi ! Pirrhus va mourir ?
Etouffons dans son cœur une pitié funeste,
Non, ne révoquons point l'arrêt de mon courroux :
Laissons, laissons agir Oreste,
Qu'il meure, il ne vit plus pour nous.
Et c'est moi, c'est moi qui l'ordonne ?
Sa mort sera l'effet de l'amour d'Hermione ?
Ma haine, aux pieds des Dieux va le sacrifier ?
Ah ! je le vois traîné sur la poussiere :
Je vois contre son sein un homicide acier :
Son sang coule, il rougit votre main meurtriere.....
Vous redoublez vos coups.... barbares ! je le suis :
J'entends ses lamentables cris....

Toute la pompe nuptiale traverse le fond du Théâtre
pour se rendre au Temple; Oreste à la tête des Grecs,
est suivi des Epirotes & Troyens chantans & dansans,
portans des guirlandes de fleurs : Phœnix conduit
Astianax : Pirrhus donne la main à Andromaque,
que soutiennent ses Troyennes.

LE CHŒUR, *chantant & dansant.*

Chantons, célébrons l'hymenée
De Pirrhus, du plus grand des Rois;
Une Princesse infortunée
L'enchaîne sous d'aimables loix.

HERMIONE.

Que vois-je! Dieux! quel chant funeste!
Ils marchent à l'Autel, moi je cours m'y venger,
Mon amour me suffit sans le secours d'Oreste.
Bravons la crainte & le danger,
Tout me sera Pirrhus, fut-ce Oreste lui-même ;
Je ne choisirai point dans ce désordre extrême,
Dans leur sang odieux mon bras va se plonger.

(*Elle sort.*)

SCENE VI.

*Le Théâtre repréſente le Temple de l'hymen ; ſa Statue &
ſon Autel ſont ſur le devant du Théâtre ; le fond du
Temple offre la vue de l'intérieur du Palais de
Pirrhus.*

*Oreſte, à la tête de ſes Grecs, entre & va ſe placer ſur
l'avant-ſcene, en face de l'Autel, pendant que le Peuple
qui le ſuit, chante.*

LE PEUPLE, *chantant & danſant.*

CHantons, célébrons l'hymenée
De Pirrhus, du plus grand des Rois ;
Une Princeſſe infortunée
L'enchaîne ſous d'aimables loix.

*Des jeunes Epirotes parent de fleurs l'Autel & la Statue
de l'hymen.*

*Des Prêtres apportent les Vaſes deſtinés aux ſacrifices,
le feu ſacré qu'ils dépoſent ſur l'Autel, & le Bandeau
royal deſtiné à Andromaque.*

CHŒUR *des Prêtres.*

Dieu d'hymen, que ſous ton empire
Ces époux ſoient toujours heureux.
Réunis à jamais Ilion & l'Epire ;
Que rien ne briſe ces beaux nœuds.

*Pendant ce Chœur, Andromaque ſoutenue par ſes Troyen-
nes, vient ſe mettre à genoux au pied de l'Autel ;
Pirrhus la ſuit, conduiſant Aſtianax ; ils ſe placent de
l'autre côté de l'Autel ; Pirrhus prend le Bandeau
royal, & en enceint la tête d'Andromaque.*

Tout le Chœur.

Dieux juſtes, protégez une flamme ſi belle.

PIRRHUS, *joignant ſa main à celle d'Andromaque ſur
l'Autel.*

Andromaque, regnez ſur mon peuple & ſur moi :
Sur ces Autels ſacrés je vous donne ma foi :
Je vous jure à leurs pieds une ardeur éternelle.
Vos enemis ſeront les miens ;
A votre fils je ſervirai de pere ;
J'en atteſte les Dieux, je le jure à ſa mere,
Et je le reconnois pour le Roi des Troyens.

ORESTE, *à ſes Grecs.*

Grecs, vengeons cet outrage.

ANDROMAQUE.

Grands Dieux! ſauvez mon fils ! grands Dieux ! ſauvez
le Roi.

Ensemble.

GRECS.	**EPIROTES.**
Immolons à notre rage	Défendons avec courage
Le fils d'Hector & le Roi.	Le fils d'Hector & le Roi.

PIRRHUS, *à ses Soldats.*

Défendez cet enfant, défendez votre Roi.

Les Grecs attaquent Pirrhus & Astianax, qu'un Grec enleve malgré les efforts de Pirrhus & de sa garde ; Andromaque, retenue par ses Troyennes, veut en vain se jetter à travers les Combattans.

ANDROMAQUE.

(*aux Grecs.*)   (*à ses Femmes.*)

Barbares ! arrêtez ! Cruelles ! laissez-moi !

Pirrhus & sa garde défendant Astianax, sont peu à peu poussés hors du Temple.

ANDROMAQUE, *toujours retenue par ses Femmes, & tombant aux pieds de l'Autel.*

Dieux cruels ! j'expire d'effroi....

Tous les Combattans sont derriere la Scene.

Les Troyennes qui entourent & soutiennent Andromaque évanouie sur les marches de l'Autel.

Malheureuse Andromaque !.....

ANDROMAQUE, *évanouie.*

Hector, vois ton épouse

Qui n'a pu dérober ton enfant au trépas.

LES TROYENNES.

Hélas !

ANDROMAQUE.

La fortune jalouse

Les remet aux enfers tous les deux dans tes bras.

CHŒUR *des Epirotes dans l'éloignement.*

Victoire ! victoire !

LES TROYENNES.

Pirrhus est vainqueur.

Quel bonheur !

Quelle gloire !

SCENE VII.

Les Epirotes vainqueurs se répandant sur la Scene, & arrivant par le fond du Théâtre.

LES EPIROTES & LES TROYENS.

Victoire ! victoire !

Pirrhus est vainqueur.

PHŒNIX, *aux Troyens.*

Jouissez de la paix que sa valeur vous donne :

Nos ennemis vaincus cedent à ses efforts :

Oreste fuit loin de ces bords

En enlevant l'implacable Hermione.

Les

SCENE DERNIERE.

Les mêmes, PIRRHUS, entrant avec précipitation, conduisant Astianax, & cherchant Andromaque des yeux.

J'Ai sauvé cet enfant que leurs lâches fureurs
   Avoient osé proscrire.
  Il vit, il va sécher vos pleurs.
Andromaque !... que vois-je ! Andromaque ! elle expire.
  Il se jette à ses pieds, en lui présentant son fils.
   DUO dialogué.
    PIRRHUS.
 O tendre mere, ouvrez les yeux,
 Calmez ces cruelles alarmes :
Voyez un fils que vous rendent les Dieux,
 Mouiller votre sein de ses larmes.
  ANDROMAQUE, *toujours évanouie.*
Mon fils n'est plus.
  PIRRHUS & LES TROYENNES.
   Ouvrez les yeux.
   ANDROMAQUE.
 J'ai tout perdu....
  PIRRHUS & LES TROYENNES.
   Voyez ses charmes.
 Voyez ce fils vous presser dans ces bras.
ANDROMAQUE, *revenant à elle, & fixant son fils.*
 Mon fils ! ô Dieux ! ô jour prospere !....
   Ensemble.

ANDROMAQUE, *à son fils.*	PIRRHUS.
Quoi ! c'est Pirrhus qui t'arrache au trépas !	C'est mon amour qui l'arrache au trépas,
O mon cher fils ! ton vainqueur est ton pere.	C'est mon amour qui le rend à sa mere.

  PIRRHUS, *au Chœur, & avec le Chœur.*
Ah ! je triomphe, & dans cet heureux jour
Rien ne peut égaler mon bonheur & ma gloire :
 L'amour couronne ma victoire,
 Et mon cœur doit sa victoire à l'amour.
   LE CHŒUR.
Pirrhus triomphe, & dans cet heureux jour
Rien ne peut égaler son bonheur & sa gloire :
 L'amour couronne sa victoire,
 Et son cœur doit sa victoire à l'amour.
   PIRRHUS
Sur un trône éclatant élevé dans ces lieux,
 Qu'Andromaque elle-même,
Sur le front de son fils place le diadême
 Qu'ont porté les Rois ses ayeux.

       D

Pendant qu'on éleve un trône dans le fond du Théâtre,
le Chœur répete.

Pirrhus triomphe, & dans cet heureux jour, &c.

Marche triomphale, sur laquelle les troupes de Pirrhus
le conduisent avec Andromaque & Astianax sur le
trône qui leur a été préparé; on y place Astianax sur le
siege le plus élevé ; Pirrhus présente à Andromaque
une Couronne qu'elle met sur la tête de son fils.
Diverses entrées de Guerriers, d'Epirotes & de Troyens.

(*Ballet général.*)

FIN.